La ventana de enfrente

Otras obras del autor en español

13 y Martes
Amores a Ciegas
Apenas un instante antes del fin del mundo
Bar Manolo
Breves del tiempo perdido
Crash Zone
Crisis y Castigo
Cuarentena
Cuatro Estrellas
Cuidado frágil
Después de nosotros el diluvio
El Joker
El pueblo más cutre de España
El Último Cartucho
Ella y Él
EuroStar
Foto de Familia
Los Náufragos del Costa Mucho
Milagro en el Convento de Santa María-Juana
Muertos de la Risa
Plagio
Por debajo de la mesa
Pronóstico reservado
Sin flores ni coronas
Strip Poker
Un Ataúd para Dos
Un pequeño asesinato sin consecuencias
Zona de turbulencias

JEAN-PIERRE MARTINEZ

La ventana de enfrente

La Comédiathèque
comediatheque.net

PERSONAJES

Alejandro

Madison

Cualquier representación pública, sea profesional o aficionada (incluso gratuita) debe ser autorizada por la Sociedad de Autores encargada de percibir los derechos del autor en el país de representación de la obra Contactar con el autor : comediatheque.net

ISBN 978-2-37705-820-4

El salón de un piso madrileño. Ambiente bohemio. Sobre un pequeño escritorio una vieja máquina de escribir y algunos documentos. Llega Alejandro, un escritor de unos sesenta años o más, vestido con un estudiado desenfado. Sostiene una cuerda con un lazo en la mano. Mira al techo, luego a una silla, aparentemente buscando un lugar para colgar la cuerda. Parece que no encuentra nada satisfactorio y se baja de la silla. Se sienta en el escritorio y suspira cansado. Abre un cajón, coge un paquete de cigarrillos y se lleva uno a la boca. En lugar de encender el cigarrillo, lo deja de nuevo sobre el escritorio y saca una pistola del cajón. Mira detenidamente el arma. Se oye como suavemente tocan a la puerta. Perdido en sus pensamientos, no escucha. Se pone el cañón de la pistola en la cabeza. Se oye otro golpe, ligeramente más fuerte. Sigue sin escuchar. Parece titubear a la hora de apretar el gatillo. Cierra los ojos... Entonces aparece una joven delante de él. Es Madison, una estudiante, que podría tener veinte o treinta años, vestida de forma bastante conservadora.

Madison (*gritando*) – ¡No!

Sorprendido, Alejandro se sobresalta. Se levanta de un salto y apunta con el arma a Madison.

Alejandro – ¡Un movimiento y estás muerta!

Madison – ¡No dispare, se lo ruego!

Alejandro – ¡Manos arriba!

La joven levanta inmediatamente los brazos.

Madison – ¿Lo ve?, no estoy armada... Ahora, por favor, baje el arma.

Al ver que la joven parece inofensiva, baja el arma.

Alejandro – ¿Qué demonios estás haciendo aquí? Y antes que nada ¿cómo entraste?

Madison – Voy a explicárselo todo... Déjeme recuperar el aliento...

Alejandro – ¡Pero estás loca! ¡Casi me muero de un ataque al corazón!

Madison – Lo siento, la puerta estaba entreabierta y...

Alejandro – ¿Y lo tomaste como una invitación a entrar en mi casa...?

Madison – No, pero...

Alejandro – ¿Qué quieres? ¿Has venido para robarme? No hay nada de valor aquí, créeme.

Madison – Soy su vecina.

Alejandro – ¿La vecina de al lado? Tiene ochenta años...

Madison – La de enfrente... (*Señalando una ventana imaginaria en la platea.*) La ventana de allí es la de mi piso.

Alejandro – ¿Al otro lado de la calle? Ha estado vacía durante años.

Madison – Ya no.

Alejandro – Bueno... ¿Y qué?

Madison – He perdido a mi gato... No lo habrá visto, por casualidad... Quizá se ha colado en su casa... Aunque no haya sido invitado...

Alejandro – Bueno, no, ya ves. Por lo visto tu gato tiene más educación que tú.

Parece muy preocupada.

Madison – Han pasado dos días desde que desapareció. Puse anuncios por todo el barrio con su nombre y su foto. ¿No los ha visto?

Alejandro – No salgo mucho... y nunca miro ese tipo de anuncios. Además, no soy muy bueno con las caras cuando se trata de gatos...

Da unos pasos por la habitación.

Madison – ¡Coliflor! ¡Coliflor!

Alejandro – ¿Qué haces gritando así? ¿Estás loca?

Madison – Se llama Coliflor.

Alejandro – ¿Tu gato se llama Coliflor? Me tomas el pelo...

Madison – En absoluto. ¿Por qué?

Alejandro – De acuerdo, tu gato se llama Coliflor y lleva dos días sin venir a casa. No es tan grave.

Madison – ¡Claro que es grave! Si no lo encuentro pronto, morirá... Es un gato de apartamento, entiende, no está hecho para vivir al aire libre...

Alejandro – Pues es una pena. En mi época, los gatos estaban en el campo. O, cuando lo teníamos, en un gran jardín. Se pasaban el tiempo persiguiendo ratones, y sólo venían a casa cuando se veían con las manos vacías, para que les diéramos de comer, les acariciáramos un poco y les dejáramos dormir en el sofá...

Madison – Ya, pero este gato no come ratones. Es vegetariano.

Alejandro – ¿Qué?

Madison – Yo no como carne, y mi gato tampoco.

Alejandro – ¿Qué come, entonces?

Madison – ¡Pienso! de verduras, como yo.

Alejandro – ¿También comes pienso?

Madison – Verduras, yo también como verduras... Precisamente porque pienso...

Alejandro – Un gato vegetariano... Ni siquiera sabía que eso existía... ¿Y por eso se llama Coliflor...?

Madison – Sí... y también porque tiene una colita como una flor.

Alejandro – Y me imagino que no comer carne es una elección personal por su parte.

Madison – En cualquier caso, nunca se ha quejado.

Alejandro – Y... ¿crees que ahora, en los circos, a los tigres o a los leones también les dan pienso de verduras para comer?

Madison – No lo sé... En cualquier caso, estoy en contra de los animales de circo...

Alejandro – Pero no en contra de los gatos de apartamento...

Madison – Supongo que no tiene usted mascotas...

Alejandro – No, odio el concepto de mascotas. Y el concepto de domesticación en general. (*Con aire amenazante*) Yo mismo he seguido siendo un salvaje...

Sin impresionarse, mira alrededor de la habitación.

Madison – Entonces, ¿no ha visto a mi gato?

Alejandro – No, no he visto a tu gato vegano. Y si no te importa que lo diga, creo que esta absurda conversación ha durado ya demasiado.

De repente ella se paraliza.

Madison – ¡Silencio!

Alejandro – ¿Perdón?

Madison – ¿No ha oído maullar?

Alejandro – ¿Maullar? No, en absoluto. Pero sabes, estoy empezando a perder un poco de oído. Ya verás cuando tengas mi edad, no sólo tiene desventajas. Especialmente cuando tienes vecinos ruidosos...

Madison – No hago ningún ruido, se lo aseguro. Además, hace más de un mes que vivo en el piso de enfrente al suyo, y usted pensabas que todavía estaba deshabitado.

Alejandro – De acuerdo, no me di cuenta de que estabas ahí, y quiero que siga siendo así. Así que si no tienes nada más que decirme, te sugiero que me dejes seguir con mis asuntos y vuelvas a buscar a tu gato...

Madison – Bien, no le molestaré más...

Alejandro – Gracias.

Pretende irse, pero cambia de opinión.

Madison – Pero... no me gustaría dejarle así.

Alejandro – ¿Qué quieres decir? ¿así cómo?

Madison – Bueno... Cuando llegué, estaba a punto de...

Alejandro – ¿A punto de qué...?

Madison – No parece que la cosa vaya muy bien, ¿verdad?

Alejandro – ¿Qué te hace pensar eso?

Madison – Tenía una pistola en la cabeza.

Mira la pistola que aún tiene en la mano, sorprendido.

Alejandro – Ah, eso... ¿Y qué?

Madison – Bueno... parece un poco... deprimido, ¿no?

Alejandro – ¿Deprimido...? Escucha, jovencita, cuando yo tenía tu edad, el lema de nuestra generación era vivir rápido, morir joven y dejar un hermoso cadáver, ¿significa eso algo para ti?

Madison – James Dean...

Alejandro – Follábamos sin condón, íbamos en moto sin casco y nos metíamos todo tipo de sustancias prohibidas, cuya composición exacta, créeme, nadie conocía... Cincuenta años después, los pocos ancianos que, como yo, sobrevivieron a aquellos benditos tiempos, se manifiestan en las calles porque tienen miedo de vacunarse... ¿Y esperas que no me deprima?

Madison – Entiendo...

Alejandro – No lo creo... Pero si tienes la desgracia de vivir hasta mi edad, ya verás. La vejez es un naufragio.

Madison – Otra cita famosa... ¿De quién es?

Alejandro – Déjalo, pero créeme: El problema es que, en nuestra época, los jóvenes ya se comportan como ancianos.

Madison – En todas las épocas, los jóvenes han querido cambiar el mundo, ¿no es así?

Alejandro – Los jóvenes de hoy no quieren cambiar el mundo, sólo quieren salvar el planeta. Y eso no va a suceder...

Madison – Y usted, ¿ha conseguido cambiar el mundo?

Alejandro – No, pero al menos nos lo pasamos bien.

Madison – Parece que ya no se lo pasa tan bien...

Alejandro – Aparentemente, tú tampoco... Si no, no tendrías una relación con un gato...

Madison – Al menos no estoy sola...

Alejandro – ¿Y en serio crees que puedes salvar el planeta... alimentando a ese pobre e inocente carnívoro con pienso de verduras?

Madison – No sé... Pero para cambiar el mundo, hay que empezar por salvar el planeta, ¿no? ¿Qué sentido tiene hacer una revolución en el Titanic?

Alejandro – De todos modos, envidio a todos los de mi generación que murieron antes de los treinta años. ¿Te imaginas a Jimi Hendrix y Janis Joplin en una residencia de ancianos, discutiendo el posible peligro de una vacuna, entre dos partidas de Scrabble? Prefiero morir a ver eso...

Madison – No diga eso...

Alejandro – Por desgracia, la literatura no es muy rockera. Y la mayoría de los escritores mueren en sus camas.

Madison – ¿Es usted escritor?

Alejandro – Eso no es asunto tuyo... Ni siquiera sé por qué te estoy hablando de todo esto, no te conozco... Y además, ¿qué haces todavía aquí?

Guarda la pistola en un cajón.

Madison – Podría haberse hecho daño...

Alejandro – Yo también podría haberte matado... Cuando entras en la casa de alguien, siempre es un riesgo... Habría alegado legítima defensa, ni siquiera me habrían condenado... (*Parece que ella se está mareando, él lo nota y se preocupa.*) ¿Estás bien?

Madison – Lo siento, se me pasará... ¿Podría traerme un vaso de agua?

Duda por un momento.

Alejandro – Siéntate un segundo, te lo traeré...

Se va. Inmediatamente ella vuelve a estar bien y aprovecha para examinar la habitación con la mirada. Recoge del escritorio un retrato de mujer en un marco y lo examina. Luego, ella se apresura a dejarla mientras él vuelve con un vaso de agua y se lo entrega.

Madison – Gracias...

Coge el vaso y lo vacía de un trago.

Alejandro – ¿Te sientes mejor?

Madison – Sí, gracias...

Él hace un esfuerzo por ablandarse un poco.

Alejandro – Siento verte así... Ya no estoy acostumbrado a ver a mucha gente...

Madison – ¿Así que usted también vive solo?

Alejandro – ¿Es tan obvio?

Madison – Por lo que me acaba de contar, imagino que usted tampoco tiene hijos.

Alejandro – ¿Qué te hace pensar que no tengo hijos?

Madison – ¿Tiene alguno?

Alejandro – No... Y cuando veo el mundo de hoy, me alegro de no tener ninguno...

Madison – Ya...

Alejandro – Si quieres salvar el planeta, deberías empezar por dejar de tener hijos, ¿no?

Madison – Al mismo tiempo... ¿dejando de hacer niños como salvaremos a la humanidad?

Alejandro – Y cuando se piensa que España es probablemente el país donde mejor se vive en el mundo...

Madison – Sí, por eso decidí venir a vivir a su país...

Alejandro – ¿No eres española...?

Madison – Me llamo Madison. Soy estadounidense.

Alejandro – Pero hablas nuestro idioma perfectamente, y sin ningún acento...

Madison – Mi abuela era española. Me enseñó la lengua de Cervantes. Vine a Madrid a estudiar literatura en la Complutense.

Alejandro – Y la casualidad ha querido que te encuentre hoy en mi camino... Madison.

Madison – Se llama Alejandro, ¿verdad?

Alejandro – ¿Cómo lo sabes?

Madison – Vi su nombre en el buzón. Alejandro Goya... Está relacionado con...

Alejandro – ¿Con el pintor? No, en absoluto.

Madison – ¡Con el escritor!

Alejandro – Usted es americana y conoce a Alejandro Goya... del que ya nadie se acuerda aquí en España.

Madison – Estás exagerando... Todo el mundo conoce a Alejandro Goya. Y su fama se ha extendido más allá de las fronteras de España. O al menos entre los que se interesan por la literatura. ¿Entonces?

Alejandro – Sí... Ese soy yo.

Madison – ¿No? Alejandro Goya, ese mítico autor que firmó varias obras maestras de la literatura del siglo XX.

Alejandro – Si tú lo dices...

Madison – Un misterioso escritor que ahora vive recluido, que lleva años sin publicar nada y que rechaza todas las entrevistas... ¿Es realmente usted?

Alejandro – Algo me dice que ya lo sabías antes de entrar en mi casa, ¿me equivoco?

Duda por un momento.

Madison – No, lo admito...

Alejandro – Entonces, es para tratar de conseguir una entrevista que inventaste esta historia sobre un gato...

Madison – Lo del gato, es verdad, lo juro... Pero también es cierto que cuando vine a vivir justo enfrente de su casa, tenía una idea en mente.

Alejandro – ¿Alquilaste deliberadamente un piso frente a mí para poder espiarme?

Madison – ¿Para espiarle? No, en absoluto. Soy una gran admiradora de su trabajo. Cuando llegué a Madrid, intenté ponerme en contacto con usted. Pero su agente me dijo que no quería ver a nadie.

Alejandro – ¿Y qué es lo que no entendiste en esa frase?

Madison – He cruzado el Atlántico con la esperanza de conocerle. Estaba buscando un piso. El de enfrente estaba disponible para alquilar y aproveché la oportunidad...

Alejandro – ¡Estás completamente loca! Te advierto que si no me dejas en paz, presentaré una denuncia por acoso. ¿Qué esperas de mí? ¿Eres periodista?

Madison – Soy una estudiante, se lo dije. Hice mi tesis de maestría sobre su trabajo en Nueva York. Y luego decidí venir a Madrid para seguir investigando, ya que esta ciudad es el escenario de la mayoría de sus novelas. Para los americanos, Madrid es la ciudad más romántica del mundo.

Alejandro – Pensaba que era París...

Madison – También.

Alejandro – ¿Y es con este tipo de clichés piensas arrojar luz sobre el significado oculto de mi obra?

Madison – ¿Quiere saber el título de mi tesis?

Alejandro – No.

Madison – "La figura de la ausencia en el universo novelístico de Alejandro Goya".

Alejandro – Lo has entendido todo... Lo que prefiero en la mayoría de la gente, empezando por ti, es su ausencia. Por eso te pido que te vayas.

Madison – Cuando tienes la oportunidad de trabajar con un autor vivo, quieres conocerlo, es normal. Y conociendo un poco más su vida, podemos entender mejor su obra.

Alejandro – Es un error, se lo aseguro. Es mejor contentarse con estudiar la obra ignorando todo lo relacionado con el autor. Muchos grandes escritores fueron personajes muy pequeños en la vida real. Cuando no eran unos completos cabrones. Y eso vale tanto para los artistas como para los científicos. Así es. Los genios rara vez ganan cuando se les conoce... Aunque, tenlo por seguro, no me creo en absoluto un genio...

Madison – Entiendo tu modestia, pero aún así... Una entrevista exclusiva con el autor de las "Crónicas del Barrio Chino" sería la culminación de mi trabajo de investigación.

Alejandro – ¿Lo has leído?

Madison – Fue esta novela la que me convenció de venir a estudiar a Madrid. Para mí, es su mejor libro.

Alejandro – Pero no es el mejor vendido...

Madison – Me imagino que esta novela es en gran parte autobiográfica.

Alejandro – Te dije... No es de interés para el lector...

Madison – Por no hablar de ese misterioso manuscrito en el que lleva años trabajando...

Alejandro – No escribo nada. Esa es una leyenda que mantiene mi editor para que no se me olvide del todo, y para que mis viejos libros sigan vendiéndose un poco. De todos modos, no voy a dar ninguna entrevista. Ni a ti ni a nadie. (*Se acerca a ella con una mirada amenazante.*) ¡Ahora vete!

En lugar de salir, se enfrenta a él.

Madison – ¡No!

Parece sorprendido por su determinación.

Alejandro – ¿Cómo que no?

Madison – No dejaré que se mate antes de que me conceda esa entrevista. Podría haber cruzado a nado el Atlántico para conseguirla.

Alejandro – Vuelve al lugar de donde viniste en un bote de pedales, si quieres, no es mi problema...

Ella está a punto de desmayarse de nuevo.

Alejandro – Es la segunda vez que te desmayas por mí... Lees demasiadas novelas románticas, jovencita. Hoy en día, excepto en el teatro, las mujeres no se desmayan así a la primera de cambio en cuanto las molestas...

Madison – No estoy fingiendo, se lo aseguro.

Parece dudar.

Alejandro – ¿Quieres que llame a una ambulancia?

Madison – No, pero necesito sentarme un momento.

Alejandro – ¿Y luego te irás?

Madison – Lo prometo.

Se sienta y recupera el aliento.

Alejandro – Ya te he dado un vaso de agua... ¿Quieres una copa de brandi?

Madison – Estás tratando de acabar conmigo, ¿no?

Alejandro – Es demasiado tarde, por desgracia. Debería haberte disparado de inmediato, habría alegado defensa propia. Ahora no puedo negar la premeditación...

Madison – ¿Por qué tiene un arma en casa?

Alejandro – Al principio, era para mantener alejados a los alborotadores. Al parecer no es suficiente...

Madison – Aunque sea un poco misántropo, como muchos escritores... Todos necesitamos compañía, ¿no?

Alejandro – Siento que me vas a sugerir que me compre un gato... Quieres deshacerte del tuyo, ¿verdad?

Madison – ¿No le pesa la soledad?

Alejandro – La soledad... Es como el café... Al principio es un poco amargo. Luego te acostumbras. Entonces le coges el gusto. Y al final, no puedes vivir sin él.

Madison – Debería escribir un libro de aforismos. Estoy segura de que se vendería muy bien.

Alejandro – ¿Y qué sentido tiene no estar solo? ¿Vivir en pareja y repetir las mismas banalidades todo el año? ¿Ver a la familia o amigos de vez en cuando, cuidando de evitar todos los temas importantes que puedan molestarles? ¿Te cruzas con los vecinos en las escaleras y hablas del tiempo? ¿Hablas con tu gato y finges que te entiende?

Madison – Cuando escribe, sin embargo, se dirige a alguien.

Alejandro – Por eso dejé de escribir.

Madison – No le creo.

Alejandro – No te pido que me creas. Te pido que me dejes en paz...

Madison – ¿Así que no quiere concederme la entrevista?

Alejandro – No tengo nada más que decir. Peor aún, no tengo a nadie con quien hablar. Y hay días en los que no quiero ni hablar conmigo mismo.

Madison – Eso es triste...

Alejandro – Así es la vida... Y de una forma u otra, la mía está llegando a su fin...

Madison – La mía también, quizás...

Alejandro – Tendrás unos cuarenta años menos que yo. Podría ser tu padre.

Madison – O incluso mi abuelo.

Alejandro – Gracias por la aclaración, es muy amable. En cualquier caso, tu vida acaba de empezar.

Madison – Sí... Pero podría terminar pronto...

Alejandro – ¿En qué sentido?

Madison – Tengo una enfermedad del corazón. Los médicos sólo me dan unos años de vida. Unos meses, tal vez. Por eso he venido a España para cumplir un último sueño. He venido para conocerle...

Él se queda impresionado por esta declaración.

Alejandro – ¿Cómo que una enfermedad del corazón?

Madison – Nací con un defecto cardíaco. Mi corazón es demasiado frágil. Puede ceder en cualquier momento.

Alejandro – ¿Y por eso tienes momentos de debilidad?

Madison – Al menor disgusto, mi corazón se acelera y puede dejar de latir.

Tiene un momento de duda.

Alejandro – No me digas que te has inventado esta historia para obligarme a no contrariarte... y por consiguiente a aceptar esa entrevista.

Madison – Por desgracia, no...

Alejandro – Lo siento por ti.

Madison – No es tu culpa.

Alejandro – No, pero qué ironía. Yo soy viejo, no quiero nada más, estoy pensando en terminar... Tú eres joven, tienes la vida por delante, y es tu corazón el que te traiciona...

Madison – No puedo cambiar nada, así que ¿qué sentido tiene rebelarse?

Alejandro – Y lo que es más, sigues sonriendo...

Madison – Me digo a mí misma que los meses que me quedan de vida serán quizás los más hermosos de mi existencia.

Alejandro – Tu alegría de vivir me deprime. ¿Nunca dudas de nada?

Madison – Ya no tengo tiempo para las dudas. Por eso entré a la fuerza en tu casa...

Durante un tiempo.

Alejandro – ¿Y realmente no hay esperanza?

Madison – Sí, un trasplante. Pero todavía tenemos que encontrar un donante...

Alejandro – Podría ofrecerte mi corazón, ya no me sirve... Me mataré y te daré mis órganos...

Madison – Me temo que no es tan sencillo. Especialmente con un corazón. No es como esos órganos que tenemos por duplicado. Los riñones, los pulmones...

Alejandro – Los testículos...

Madison – Para el corazón, el donante tiene que estar en estado de muerte cerebral...

Alejandro – ¿Muerte cerebral? A veces me pregunto si no tengo ya el cerebro muerto. Como mucha gente a mi alrededor, de hecho...

Madison – El donante tiene que estar muerto, su corazón tiene que estar en buenas condiciones y tenemos que poder extraerlo con la suficiente rapidez. Lo cual es muy raro, por desgracia. Y la lista de pacientes que esperan un trasplante es muy larga...

Alejandro – He oído que en China se extraen los órganos de los condenados a muerte. Es mucho más práctico, obviamente. Empiezan por fijar una fecha para el trasplante, y ese mismo día ejecutan al condenado.

Madison – Pero eso es horrible...

Alejandro – Sí, pero así... el destinatario tiene tiempo de volar desde Europa o Estados Unidos. Algunos aprovechan para hacer un poco de turismo. Por supuesto, no es gratis. No sé por cuánto se puede vender un corazón en China. ¿Has preguntado por ahí?

Madison – No...

Alejandro – Debería poderse encontrar fácilmente en Internet...

Madison – Gracias.

Alejandro – Lo siento, no debería bromear con ello... y menos contigo. Al mismo tiempo, el humor es lo único que nos queda, ¿no?

Madison – Sí...

Alejandro – Aunque lo que te acabo de decir no sea una broma...

Madison – Prefiero morir que vivir con el corazón de un condenado, o incluso el suyo... ¿Entonces?

Alejandro – ¿Qué?

Madison – ¿Tendrá la crueldad de dejarme ir sin haber realizado mi sueño?

Alejandro – Eres bastante terca.

Madison – Lo tomo como un cumplido.

Alejandro – ¿Pero quién dice que no estas mintiendo?

Madison – ¿Quién se inventaría una historia así? Sólo para conseguir una entrevista con un escritor que todo el mundo ha olvidado...

Alejandro – Finalmente admites que todo el mundo ha olvidado ya a Alejandro Goya.

Madison – ¿Entonces es un sí?

Alejandro – En cuanto me muestres un informe médico que me demuestre que no estás mintiendo.

Madison – Lo siento, no lo tengo aquí.

Alejandro – Vives justo enfrente... Ve a buscarlo...

Madison – Pensé que podía creer en mi palabra. Debo admitir que estoy un poco decepcionada.

Alejandro – Si te concedo esta entrevista, es sólo el principio, créeme. Soy una persona muy decepcionante, ya verás.

Se levanta y examina la habitación. Su mirada se detiene en una vieja máquina de escribir.

Madison – ¿Sigue escribiendo a máquina?

Alejandro – En efecto, es en esta máquina donde escribí todas mis novelas. Pero no intentes engañarme. Ya te dije que hacía años que no escribía.

Madison – ¿Por qué no?

Alejandro – Las palabras son como los billetes, si se ponen demasiado en circulación, pierden su valor... Fíjate en lo que ocurre hoy en día en las redes sociales. Todo el mundo hace un pequeño comentario unas diez o veinte veces al día. Sobre todos los temas. Una inflación de dinero falso que ha devaluado el real. Las palabras ya no tienen sentido.

Madison – No puede evitar que la gente converse. Antes lo hacía en la cafetería, ahora lo hace en Facebook. Pero siempre habrá grandes escritores, como usted.

Alejandro – Ya no leemos a los grandes autores. Solo se citan. En vano. Siempre las mismas citas, repetidas una y otra vez hasta que carecen por completo de sentido... Copiar y pegar ha sustituido al pensamiento crítico... y los emoticonos han sustituido a los sentimientos.

Madison – ¿Me permite citarle en la conclusión de mi tesis?

Alejandro – Se me acusará de elitismo. Me dirán que sólo unos pocos elegidos tienen derecho a expresarse, y que los demás sólo tienen que callarse y escuchar. Eso no es cierto. Creo que deberíamos callarnos todos.

Madison – ¿Qué propone? ¿Un minuto de silencio?

Alejandro – Un minuto, no. Un año entero. Un siglo. Un milenio de silencio. Quizás así nuestras palabras recobren algo de sentido tras la diarrea verbal que ha inundado las redes sociales en los últimos años.

Madison – Es un análisis interesante, pero también se dice que dejó de escribir después de un desamor...

Alejandro – La gente dice lo que quiere...

Madison – Pero tampoco lo niega...

Alejandro – Eso no significa que sea cierto...

Coge la foto del escritorio.

Madison – ¿Quién es la mujer de la foto?

Alejandro – Eso no es asunto tuyo.

Madison – Es hermosa.

Alejandro – Aunque estés realmente enferma, eso no te da derecho a entrometerte en mi vida privada.

Madison – Me fijé inmediatamente en este retrato cuando entré en su casa... y tuve la impresión de que esta cara me resultaba familiar.

Le devuelve la foto y la mira, antes de volver a colocarla en su sitio.

Alejandro – Es una mujer que amé hace mucho tiempo...

Madison – ¿Cuando era hippie?

Alejandro – En realidad, no era tan hippie... Estaba abierto a nuevas ideas. Y me fumaba un porro de vez en cuando. Pero siempre cuidé mi salud y ya estaba pensando en mi carrera. Necesitas una cierta comodidad para escribir, ¿sabes? Para llegar a ser un gran escritor, a veces hay que seguir siendo un pequeño burgués...

Madison – ¿Y ella?

Alejandro – Era una mujer libre. Sólo pensaba en el momento presente. Vivía al día.

Madison – ¿Dónde la conoció?

Alejandro – En el rellano... Vivía en el piso de enfrente. En el que vives tú hoy. Lo compartía con los amigos que estaban de paso. Gente que venía de todo el mundo. Músicos, artistas... La puerta siempre estaba abierta.

Madison – Y como la puerta estaba abierta, un día aprovechó para salir. Como mi gato...

Alejandro – Ella quería recorrer el mundo. Tener nuevas experiencias. Para conocer gente nueva. En ese momento, la pareja tradicional no era realmente nuestro ideal de vida. No era el de ella, en cualquier caso.

Madison – Pero ella le quería...

Alejandro – Sí. A su manera, creo. Aunque no me amaba solo a mi...

Madison – Amor libre...

Alejandro – No queríamos ser como nuestros padres, y teníamos razón. Pero no sabíamos qué más inventar. Algo que podría durar un tiempo... Vivíamos el momento. No planeamos envejecer... Y de hecho, los que no murieron antes de los treinta años envejecieron muy mal. ¿Has conocido alguna vez a un viejo beatnik? No es una bonita imagen, te lo aseguro...

Madison – Entonces, la dejó continuar su viaje sola...

Alejandro – No podía retenerla... y no tenía derecho a hacerlo. Una buena mañana, se fue...

Madison – ¿A dónde?

Alejandro – A Afganistán. Hoy en día suena surrealista, pero en aquella época era un destino muy popular para los hippies. El hachís era de libre acceso y muy barato. Si trabajas aquí durante un año, podías vivir allí durante otro. Y luego estaba esa fascinación por el Oriente. Visto desde Europa, para los hippies, Afganistán era el paraíso.

Madison – Pero se quedó...

Alejandro – Ya estaba pensando en mi futuro... Y comprendí que mi futuro no era Afganistán.

Madison – Podía haberse ido con ella de todos modos. Por amor...

Alejandro – Por supuesto... Y probablemente me habría dejado ir con ella... Pero su sueño no era un viaje de enamorados. Menos aún una luna de miel. Asia era un viaje de iniciación. Muchos lo hacían. Muy lejos de los patrones pequeño-burgueses del amor de pareja...

Madison – Así que se quedó en Madrid... pero nunca la olvidó.

Alejandro – Esperaba que volviera algún día... O al menos que me enviara una señal... Una postal... Pero nunca la volví a ver...

Madison – ¿No intentó encontrarla?

Alejandro – Internet aún no existía... Cuando alguien decidía desaparecer de tu vida, realmente desaparecía. Y luego pasaron los años...

Madison – Podría intentar encontrarla ahora.

Alejandro – ¿Qué sentido tiene? Tal vez ahora esté muerta. O tal vez esté casada, tenga cinco hijos y pese ciento veinte kilos.

Madison – O está viva, sigue siendo una mujer hermosa, y a veces piensa en usted.

Alejandro – Ante la duda, prefiero no saber... y quedarme con la imagen de esta hermosa joven que se ve en la foto. ¿Te imaginas la conmoción, cuarenta años después? No puedes verte envejecer a ti mismo, pero puedes ver muy bien cuando otros han envejecido, créeme.

Madison – No estoy segura de que me vea envejeciendo...

Alejandro – Lo siento, no debería haber dicho eso.

Un momento.

Madison – ¿No ha oído maullar?

Alejandro – No... Todavía no...

Madison – Tal vez está escondido en algún lugar por aquí...

Alejandro – Espero que no.

Madison – Prométame que si me muero, cuidará de mi gato.

Alejandro – ¡Pero no vas a morir! Además, tu gato seguramente morirá antes que tú. Bueno, creo que sí... ¿Cuánto vive un gato?

Madison – Unos quince años.

Alejandro – ¿Y cuántos años tiene el tuyo?

Madison – Dos años.

Alejandro – Ah, ya...

Madison – ¿Entonces? ¿Aceptaría adoptarlo?

Alejandro – Te recuerdo que cuando entraste aquí, tenía una pistola en la cabeza.

Madison – Precisamente, eso le daría una razón para no suicidarse...

Alejandro – ¿Quieres decir que si tuviera que alimentar a un gato con pienso de verduras y cambiar su caja de arena todos los días?

Madison – Si tuviera que cuidar a alguien, sí. Si alguien se preocupara por usted, le necesitara, le esperara en casa cuando llegara por la noche.

Alejandro – ¿Me ha escuchado? Casi nunca salgo de mi casa, y menos por la noche...

Madison – ¿Realmente quería acabar con su vida antes, o era un grito de auxilio?

Alejandro – En cualquier caso, no recuerdo haberte llamado...

Madison – De todas formas debo haber escuchado su llamada.

Alejandro – Es cierto, cada vez me cuesta más encontrar motivos para la esperanza.

Madison – ¿Quiere hablar conmigo de ello?

Alejandro – Dada su situación personal, tendría algunos escrúpulos en infligirle la lista de mis temas deprimentes.

Madison – Seguir luchando cuando sabes que la guerra ya está perdida... ¿No es ese el verdadero valor?

Alejandro – Nunca dije que fuera valiente. Me gustaría ser tan valiente como tú.

Madison – No soy valiente. No tengo elección, eso es todo. A diferencia de usted.

Alejandro – ¿Yo? Sólo puedo elegir entre la cuerda para ahorcarme y la pistola para volarme los sesos...

Madison – Tiene razón... Usted es realmente deprimente...

Alejandro – Te lo advertí, soy un viejo cascarrabias. No sé si estos tiempos son peores que cuando era joven. Es que estoy más lúcido. Y la lucidez no suele ser optimista.

Madison – Por último, me gustaría tomar una copa de brandi.

Alejandro – ¿Está segura?

Madison – De algo hay que morir.

Sirve dos copas de brandi. Brindan.

Alejandro – ¡A su salud! Lo siento, creo que he vuelto a meter la pata...

Sonríe. Vacían sus vasos.

Madison – Esto resucitaría a un muerto.

Alejandro – No he bebido desde hace unos diez años. No sé cuánto tiempo ha estado la botella allí. Pero el alcohol envejece bien, ¿no? Mejor que los borrachos, en cualquier caso...

Madison – Aún así, sabe raro. ¿Seguro que es brandi?

Mira la botella.

Alejandro – Creo que sí... Pero no puedo recordar exactamente a qué sabe el brandi..

Madison – Me habría gustado conocer al joven que era.

Alejandro – ¿Qué joven?

Madison – El que estaba enamorado de la mujer de la foto. Y que todavía tenía el brio de la vida...

Alejandro – No sé si te hubiera gustado.

Madison – Probablemente estaba lleno de entusiasmo y esperanza.

Alejandro – Lleno de ambición, en cualquier caso.

Madison – ¿Realmente no le quedan amigos?

Alejandro – No soporto a la gente mayor, así que evito salir con gente de mi edad en la medida de lo posible. No quiero que me pongan un espejo en la cara todo el tiempo para ver la edad que tengo.

Madison – Estoy segura de que no ha dejado de escribir en todos estos años.

Alejandro – ¿Por eso me has emborrachado? Con la esperanza de que te confíe...

Madison – Un escritor está destinado a escribir.

Alejandro – De acuerdo, es cierto. He seguido escribiendo... Pero no voy a publicar nada más...

Madison – ¿Por qué no?

Alejandro – Te lo dije. Ya no escribo para que me lean. O por las generaciones futuras. No tengo nada más que decirles a los lectores de hoy.

Madison – ¿Ni siquiera a mí?

Alejandro – No te conozco. ¿Qué te hace pensar que tengo algo que decirte?

Madison – Quizás tengamos más en común de lo que cree...

Alejandro – ¿Aparte de que ambos estamos condenados a corto plazo?

Madison – Al menos dígame de qué trata su libro...

Duda por un momento.

Alejandro – Es una novela... muy personal.

Madison – Autobiográfica, entonces...

Alejandro – Digamos autoficción, como la llaman ahora.

Madison – ¿Por eso no quiere publicarlo? ¿Porque es demasiado personal?

Alejandro – Prefiero considerar este manuscrito como un diario. No me gusta el exhibicionismo. Si publico esto, la gente dirá que me he convertido en un escritor de novelas románticas en mis últimos años...

Madison – Pensé que no le importaba lo que la gente pensara de usted.

Alejandro – Supongo que aún no he alcanzado ese nivel de sabiduría.

Madison – Porque es imposible.

Alejandro – No pierdas tu tiempo escribiendo una tesis sobre mí. No vale la pena, créeme.

Madison – Es importante para mí.

Alejandro – ¿Pero por qué? ¡Vive tu vida, maldita sea! Especialmente si puede terminar en cualquier momento... Además, no te creo, y aún no me has mostrado ese informe médico.

Madison – Si no me cree, ¿por qué aceptó hablar conmigo?

Alejandro – Pensé que para inventar una historia así, debías tener una buena razón. ¿Y qué razón es esa?

Madison – Es un poco complicado...

Alejandro – Así que estabas mintiendo. Y tu corazón está bien.

Madison – Digamos que... mis problemas de corazón son más bien simbólicos.

Alejandro – ¿Por qué me has dicho eso?

Madison – Para darle pena, supongo. Quería echarme...

Alejandro – Podría hacerlo ahora...

Madison – Pero no lo hará.

Alejandro – ¿Y por qué no?

Madison – Porque le intriga...

Alejandro – Dices que tus problemas del corazón son simbólicos. ¿Te refieres a... la angustia?

Madison – En cierto modo... Al igual que usted, sufrí la ausencia de un ser querido.

Alejandro – ¿Y qué tengo yo que ver con eso?

Madison – Se lo diré pronto, lo prometo. Pero antes de eso, me gustaría pedirle un favor.

Alejandro – Dime...

Madison – Me gustaría leer ese manuscrito.

Alejandro – ¿Por qué debería confiártelo a ti?

Madison – Porque en el fondo quiere que alguien lo lea y le dé su opinión. Un autor siempre escribe para ser leído... y reconocido. Para ser amado...

Alejandro – La única persona que me hubiera gustado que me amara... desapareció de mi vida hace más de cuarenta años.

Madison – ¿Dónde está el manuscrito?

Muestra un archivo en su escritorio.

Alejandro – Está ahí...

Madison – ¿Puedo verlo?

Ella hace un gesto para cogerlo, pero él la detiene.

Alejandro – ¡No!

Duda por un momento. Una sombra de tristeza pasa por sus ojos.

Madison – Finalmente, tiene razón. Realmente es un viejo cascarrabias. Dejaré que se compadezca de si mismo...

Está a punto de irse.

Alejandro – Espera...

Duda, luego toma el manuscrito y se lo entrega.

Alejandro – Te autorizo a leerlo, con una condición.

Madison – Le escucho.

Alejandro – Ese manuscrito no saldrá de aquí.

Madison – ¿Tienes miedo de que haga una copia y la publique sin tu permiso?

Alejandro – Puedes tomarlo o dejarlo.

Coge la carpeta y le toma el peso.

Madison – Me va a llevar un tiempo.

Alejandro – No tengo prisa. ¿Y tú?

Madison – Yo tampoco.

Alejandro – Tengo una habitación de invitados, si quieres. Ya no lo uso mucho. Todos mis amigos están muertos...

Madison – Gracias por su hospitalidad.

Alejandro – Te dejo con tu lectura...

Se va. Se sumerge en la lectura del manuscrito.

Oscuro.

Sentada en un sillón, Madison sigue leyendo el manuscrito. Pasa la última página. Cierra el expediente y se queda pensativa un momento. Se levanta y mira por la ventana que da a la platea. Alejandro llega con dos tazas de café. Le pone uno delante.

Alejandro – Aquí... Te advierto que es descafeinado. No cuentes con eso para despertarte.

Madison – Gracias.

Alejandro – Entonces, no lograste llegar hasta el final...

Madison – Acabo de terminarlo...

Alejandro – ¿Ya? Eso no es posible, debes haberte saltado páginas...

Madison – No, le aseguro que...

Alejandro parece un poco preocupado por el silencio que sigue.

Alejandro – No te sientas obligada a decirme lo que piensas... Especialmente si no te gustó...

Madison – Lo devoré desde la primera página hasta la última. No he pegado ojo en toda la noche.

Alejandro – Bueno... Eso me hace sentir un poco mejor... Pero no creía haber escrito una novela de suspenso...

Madison – Es su mejor libro. Hace aflorar una humanidad que faltaba en todos los demás.

Alejandro – Ya, no sé si debería tomarlo como un cumplido... En lo que respecta al resto de mi trabajo.

Madison – Sus otras novelas eran brillantes. Esta es desgarradora.

Alejandro – ¿Y te has dado cuenta? El tema está totalmente en consonancia con el tema de tu tesis.

Madison – ¿Mi tesis...?

Alejandro – "La figura de la ausencia en el universo novelístico de Alejandro Goya". ¿Ya lo has olvidado?

Madison – No, por supuesto que no. Y tiene razón. La historia de un hombre que, a los veinte años, elige vivir sólo con el fantasma de un amor de la juventud como compañía...

Alejandro – Nunca se olvida el primer amor. Porque tenemos nostalgia de nuestra juventud. La nostalgia de todas las primeras veces... Tienes que seguir siendo fiel a tu primer amor. Aunque no siempre puedas ser fiel a la primera mujer que amaste.

Madison – Sí, pero te arriesgas. El riesgo de vivir en el pasado...

Alejandro – En cualquier caso, nunca debes renunciar a tus sueños. ¿Crees que debería publicarlo?

Madison – Si digo que sí, ¿lo hará?

Alejandro – Al fin y al cabo, usted es una especialista en mi trabajo.

Madison – Estoy segura de que esta novela puede revivir su carrera literaria... En mi opinión, merece un Premio Nadal.

Alejandro – No exageres. Te agradezco que quieras animarme. Pero debe seguir siendo creíble...

Madison – Soy completamente sincera, se lo aseguro.

Alejandro – Y perfectamente objetiva, por supuesto.

Madison – ¿Lo duda?

Alejandro – No sé... Algo me dice que no has venido a Madrid sólo para hacer una tesis sobre un escritor que ha pasado de moda.

Pausa.

Madison – En efecto. No le he dicho toda la verdad.

Alejandro – No tienes el corazón roto, no tienes un gato e imagino que tampoco eres estudiante...

Madison – Lo que es cierto es que soy estadounidense y que he venido a España para conocerle.

Alejandro – Llevas varias semanas viviendo en el piso de enfrente... ¿Por qué ahora?

Madison – Ayer por la mañana, a través de la ventana, le vi colgando esa cuerda del techo. Entonces sacó la pistola.

Alejandro – No pude encontrar un lugar para colgar la cuerda.

Madison – Temí por su vida. Temía que desapareciera antes de llegar a conocerle. Me apresuré a su casa... e improvisé.

Alejandro – Fue un gran éxito. Deberías hacer teatro... Pero ya sabes, en la vida como en el teatro, hay que desconfiar de lo que se ve detrás del telón. A veces es sólo una ilusión. La proyección de nuestras propias fantasías...

Madison – ¿La cuerda no era para ahorcarse?

Alejandro – ¿Y si sólo quisiera... colgar una lámpara de araña?

Madison – ¿Y la pistola?

Saca la pistola del cajón.

Alejandro – Podría ser un juguete. Una pistola falsa para impresionar a los ladrones... O un simple encendedor... (*Aprieta el gatillo y sale una llama del cañón.*) Un mechero que ya no me sirve para nada. Tengo tanto miedo a morir que he dejado de fumar. Pero siempre tengo un paquete de cigarrillos a mano, para demostrarme a mí mismo que puedo resistir la tentación. También he dejado el alcohol e incluso la cafeína. Así es como cuido mi salud...

Madison – ¿Así que no pensaba acabar con tu vida?

Alejandro – Todavía no. Lo deseo, tal vez. A decir verdad, es el único deseo que me queda. El deseo de acabar con todo. Pero para suicidarse, se necesita valor... Y yo no tengo ese valor. O tal vez aún no estoy lo suficientemente desesperado. ¿Y entonces qué sentido tiene? Esperaré mi turno, como todos los demás...

Madison – ¿Así que nuestro encuentro fue el resultado de un simple malentendido?

Alejandro – Me cuesta creer que alguien pueda cruzar el Atlántico sólo para entrevistar a un escritor como yo. Y no creo en el azar. Entonces, ¿por qué estás aquí?

Madison – Se lo diré, pero antes de nada, gracias por haberme concedido el honor de ser la primera lectora de este manuscrito.

Alejandro – ¿Te ha gustado mucho?

Madison – Es una obra maestra. Pero voy a hacer una pequeña critica.

Alejandro – Venga... Te escucho.

Madison – El final no me pareció muy convincente...

Alejandro – Tienes razón... Es una historia inacabada... Es como si no hubiera un epílogo...

Madison – Podría ayudarle a encontrarlo...

Alejandro – ¿Tú también escribes? ¿Has venido a proponer una colaboración? Es cierto que me empieza a faltar un poco de inspiración, pero te advierto que todavía no estoy buscando un escritor fantasma que escriba mis libros por mí.

Madison – No, no he venido por eso...

Alejandro – Y eso de la tesis también es una invención. Así que no fue por el privilegio de una charla literaria conmigo que has montado toda esta comedia...

Madison – No. No sólo eso...

Alejandro – ¿Y por qué?

Madison – Creo que la respuesta está en el manuscrito que acabo de leer. La ventana de enfrente... ¿Por qué ese título?

Alejandro – La ventana de enfrente... es la del piso en el que vives tú ahora. Es donde vivía la mujer que una vez amé.

Madison – Y quién ha rondado sus pensamientos desde que se fue.

Alejandro – A menudo he soñado que volvía. Que un día abriría mi puerta de un empujón, como tú misma has hecho ayer...

Madison – Por eso siempre la deja abierta...

Alejandro – A veces me parecía ver una sombra detrás de las cortinas de la ventana de enfrente. Cuando te mudaste y vi la luz por la noche, imaginé que era ella...

Madison – Sólo era yo.

Alejandro – Te pareces un poco a ella... Por eso, cuando te he visto por primera vez hace un momento, he retrocedido. Por un instante pensé que era ella. A los veinte años. Y entonces recordé que hoy tendría más o menos mi misma edad...

Madison – Es cierto, me parezco a ella.

Alejandro – No me digas que eres su fantasma.

Madison – No, yo soy real.

Alejandro – Pero hay algo más, ¿no?

Madison – Sí.

Alejandro – ¿Por qué dijiste que su cara te resultaba familiar?

Pausa.

Madison – Soy su nieta.

Silencio.

Alejandro – ¿Su nieta...?

Madison – Cuando se fue a Afganistán, estaba embarazada. Se dio cuenta poco después de marcharse.

Alejandro – ¿Embarazada... de mí?

Madison – Sí.

Silencio.

Alejandro – ¿Por qué no me lo dijo?

Madison – Usted mismo lo ha dicho. Eran otros tiempos. Ella no quería imponerle ese niño. Pensó que podría criarlo por sí misma. Y eso es lo que hizo.

Alejandro – Nunca supe nada al respecto.

Madison – Yo tampoco, al menos hasta hace poco.

Alejandro – ¿Cuándo te enteraste?

Madison – Hace unos años. Cuando tenía dieciocho años, mi abuela me contó esta historia. Su historia de amor...

Alejandro – Entonces serías mi nieta.

Madison – Sí. Soy su nieta. ¿No me cree?

Alejandro – Sí... Curiosamente, después de todas las mentiras que me has contado, no tengo ninguna duda al respecto.

Madison – Entiendo que es bastante difícil de escuchar. Tómese su tiempo. No me debe nada. Si eso es lo que quiere, me iré como he venido y no volverá a saber de mí.

Alejandro – Por favor, quédate.

Madison – Estoy aquí.

Pausa.

Alejandro – Puedo entender que en su momento no me dijera nada. ¿Pero después?

Madison – Se lo repito. No quería imponerle la paternidad. Y luego le perdió la pista.

Alejandro – Poco después de que ella se fuera, yo dejé este piso. No podía soportar tener esa ventana delante de mí todos los días, recordándome su ausencia.

Madison – Le envió una carta hace mucho tiempo. La carta le llegó de vuelta con la nota "ya no vive en esta dirección".

Alejandro – Volví a vivir aquí hace unos años. Para escribir este libro, de hecho. Como para exorcizar el pasado.

Madison – Pero su fantasma no ha dejado de perseguirle...

Alejandro – He conocido a otras mujeres, por supuesto. Pero toda mi vida he vivido en el recuerdo de ese primer amor. Nunca he amado a nadie más...

Madison – No sabía si estaba casado. Si había formado su propia familia.

Alejandro – No lo hice.

Madison – Ella oyó hablar de usted cuando se convirtió en un escritor famoso.

Alejandro – También fue con la esperanza de recuperarla que hice todo lo posible para triunfar en el mundo literario. Y también para que pudiera rastrearme más fácilmente gracias a mi fama. Podría haber contactado conmigo entonces.

Madison – Se podría pensar que fue por interés que le buscaba, cuando se había convertido en un autor de éxito... Al menos eso es lo que temía...

Alejandro – Así que tengo una hija...

Pausa.

Madison – Sobre mi enfermedad también, sólo le mentí a medias. Era mi madre la que tenía un corazón débil. Murió poco después de que yo naciera, sin saber siquiera quién era su padre.

Alejandro – Lamento escuchar eso.

Madison – Me crió mi abuela. Y cuando llegué a la mayoría de edad, quiso que supiera quién era mi abuelo. Pero no se atrevió a contactar con usted de nuevo.

Alejandro – Así que decidiste hacerlo por ella. Viniendo a Madrid.

Madison – No me veo diciéndole esto en una carta o por teléfono. Quería conocerle primero. Tenía la reputación de ser un oso. Si no le hubiera encontrado simpático, no se lo habría dicho. Y habría vuelto a Nueva York.

Alejandro – Pero te acogí tan bien que decidiste adoptarme...

Madison – Y sobre todo he leído este manuscrito. Comprendí que nunca había olvidado a esa mujer. Mi abuela...

Alejandro – Has hecho bien en venir... y en contarme el final de esta historia.

Madison – Todavía no es el final... (*Alejandro finge decaimiento.*) ¿Está bien?

Él elige el humor para ocultar su emoción.

Alejandro – Ya estaba deprimido por mi edad, y me dices que soy un abuelo.

Madison – ¿No le hace feliz?

Alejandro – Claro que sí... pero al mismo tiempo me entero de que tengo una hija, y que está muerta.

Madison – Pero estoy aquí... Apenas conocía a mi madre. Vuelvo a tener un abuelo.

Alejandro toma el manuscrito.

Alejandro – Voy a publicar este libro. Se lo dedicaré a esa hija que nunca conoceré. Y a esa nieta que un día entró en mi casa sin avisar, forzando la puerta...

Madison – La puerta estaba abierta...

Alejandro – Pero todavía tengo que encontrar un final real para esta novela.

Madison – Puedo ayudarle con eso, se lo dije.

Alejandro – No sé si mi corazón aguantará mucho tiempo si me cuentas más sorpresas.

Madison – De hecho hay una cosa más.

Alejandro – Adelante. Llegados hasta aquí...

Madison – Mi abuela está viva y bien.

Alejandro – ¿Y dónde vive actualmente?

Madison – En Nueva York.

Alejandro – Entonces la besarás tiernamente de mi parte...

Madison – Puede hacerlo usted mismo.

Alejandro – ¿Me vas a llevar a América contigo?

Madison – Mi abuela vino conmigo. Está en el piso de enfrente.

Pausa. Obviamente está sorprendido.

Alejandro – Ahora sí que empiezo a tener miedo...

Madison – Sigue siendo una mujer muy hermosa... y nunca le ha olvidado. Ha leído todos sus libros...

Alejandro – Pero no quería conocer la vida del autor.

Madison – Usted dijo que no era importante...

Alejandro – Es ella la que está ausente en esta novela.

Madison – Sí, pero aún no la ha leído... No sabía si todavía la recordaba... Si todavía la amaba...

Alejandro – Todavía la quiero... Este libro es la prueba...

Mira en dirección al público, hacia la ventana de enfrente.

Madison – ¿Y? ¿Le digo que venga?

Alejandro – Cruzó el Atlántico para encontrarme. Puedo cruzar el pasillo para reunirme con ella...

Alejandro besa a Madison.

Madison – Vaya solo. Ya lo verá. Casi nada ha cambiado tras de la ventana de enfrente. Y la puerta sigue abierta...

Se va. Madison se queda de pie y mira hacia la ventana.

Oscuro

Fin

Septiembre 2022